KB002909

스무 편의 서정시와 한 편의 서사시

스무 편의 서정시와 한 편의 서사시

2020년 12월 9일 1판 1쇄 인쇄 / 2020년 12월 15일 1판 1쇄 발행

지은이 송희복 / 펴낸이 민성혜
펴낸곳 글과마음 / 출판등록 2018년 1월 29일 제2018-000039호
주소 (06367) 서울특별시 강남구 광평로 280, 1106호(수서동)
전화 02) 567-9731 / 팩스 02) 567-9733
전자우편 writingnmind@naver.com
편집 및 제작 청동거울

책값은 뒤표지에 있습니다.
잘못 만들어진 책은 바꾸어 드립니다.

ISBN 979-11-964772-5-7 (03810)

이 도서의 국립중앙도서관 출판시도서목록(CIP)은 서지정보유통지원시스템 홈페이지(http://seoji.nl.go.kr)와 국가자료공동목록시스템(http://www.nl.go.kr/kolisnet)에서 이용하실 수 있습니다. (CIP제어번호: CIP2020051659)

스무 편의 서정시와 한 편의 서사시

송
희
복

시
집

글과마음

그리움의 곧은 투명성

—서문을 대신해 짐짓 써본 서시

그리움이 마음을 흔들 때면,
그리움은 이리저리 뒤척이다
꿈길을 걸으며 외출을 한다.
예제 어딘가, 제자리가 없네.

슬픔의 투명한 이슬이 되거나,
아픔의 흐릿한 서리가 되겠지.
천지를 칼바람으로 서걱거리다
난폭한 눈처럼 밤을 지새우리.

가슴앓이로 설레는 그리움은,
꿈속 어둑서니로 머뭇거리네.
새하얀 아침에 비친 그리움은,
저기, 찬 고드름으로 남으리.

어지러운 경자년을 보내며,
지은이 몇 자 적다.

| 차례 |

제2부_한 편의 서사시

제3부_프랑스에서 쓴 시들

제4부_2행시 초(抄)

제1부_스무 편의 서정시

이어도

마라도에서 이어도를 바라보면
사람마다 생각이 따로 있었을 게다.

죽음 너머의 세상이
어디 있기나 한가.

섬이 새끼를 치면 더 이상
여객선조차 나아가지 않은 데
섬 속의 섬이 누워 있었다.

한 자락 붙잡아도 종잡을 수 없는
바람이 닿지 아니한 곳에
물속의 물이 숨어 있었다.

생시를 접고서도 또 닮아가는
두 겹의 그림자 언저리에도
꿈속의 꿈이 놓여 있었다.

아스라이, 또는

허허롭게 말이다.

이어 이어, 이어도 사나.
이승과 저승의 끝을 잇닿은
꿈길로 가자, 이어도 사나.

무슨 기약이라도 있었기에

—2018. 3. 14.

오늘은 무슨 기약이라도 있었기에 교정을 왔다 갔다 하는 일이 잦았나. 시간을 다투면서 막 피어나려고 들떠 있는 매화꽃잎의 해나절은, 기상 관측이 시작된 백십일 년 만에 한낮의 온도가 가장 높았다는 초봄의 하루였다.

아름다운 꽃잎을 토해내는
매화나무의 거친 숨결,
혹은 들썩이는 존재감

꽃의 아름다움을 실시간마다 확인하는 난생 처음의 일에도, 무슨 기약이라도 있었기에 예사롭지 않은 봄날의 하루인가. 오늘, 무슨 기약이라도 있었기에 한 전직 대통령이 또 검찰의 포토라인에 서게 되었나 싶다.

천상의 축구 경기

온 누리가 달빛에 흠씬 젖어 베푸는 잔치 같다
월드컵 축구 결승전이 있은 지 보름이 되던 날
경주에서 회의를 마치고 부산으로 가는 길이다
여름날 조금 늦은 시간의 밤하늘은 청명하였고
남산의 등마루 위에는 보름달이 환하게 비친다
축구공 같은 달은 시외버스의 속도와 나란하다
차창 속을 밝히면서 재빠르게 굴러가고 있었다
월드컵이 아니라 코스모스 컵에 출전한 신라의
옛날 사람들이 평화로운 각축전을 벌이고 있다

결단코 버려버리지 못할

어제는 소설가 로맹 가리의 전기적인 삶을 스크린에 옮겨놓은 영화 '새벽의 약속'을 보았다. 홀어머니와 외아들의 끈끈한 인연이 애틋하였다. 전혀 프랑스적이지 않는 프랑스 영화, 온통 한국의 정서로 가득 찬 것 같은 외국 영화였다.

내가 어머니에게만 들어온 유일한 낱말이 있었다. 조선시대의 말로 쓰이다가 지금은 사라진 후번. 내 머릿속의 맞춤법은 훗번이다. 어머니의 입에서는 뒤 후(後) 자와 차례 번(番) 자에 사잇소리가 끼여져, 늘 '후뻔'이라는 소리로 들려 왔다.

어머니는 살아생전에 이 후번이라는 말을 내게 무척 자주 쓰셨다. 서울로 향해 길을 떠나는 나에게 후번의 기약이 궁금해 묻곤 하셨다. 후뻔에는 니 언제 오노? 지금도 귀에 쟁쟁히 물을 것만 같다. 하지만 이제는 새벽의 약속도 후번의 기약도 없는 어머니다.

버려야 할 물건을 버리지 못해 늘 아까워하시던 어머

니의, 떨어지고 헤진 물건처럼, 버려야 하는데도 버리지 못하는 어머니의 말인 후번……. 결단코 버려버리지 못할 물건처럼, 후번은 그래서 더 애잔해진다.

천지간에 어찌

천지간에 이럴 수가
있을까. 까마귀도
숨이 막혀 못살겠다고
까악 깍 짖어대던 날
천지간에 부옇게
가득 차 있는 건
미세먼지일까, 아니면
애태우는 사람들이
토해내는 빛 잃은
부유물일까. 뿌예진
세상이여. 천지간에
어찌 이런 일이.

비대면 시대의 낯선 풍경

—장기간 휴관한 도서관에서

모든 이들이 마스크를 쓰고
다니는 일을 생각이나 했나.
마스크를 쓰면, 아는 사람이
몰라 보이고, 모르는 사람이
더 모르게 되는 낯선 풍경.

코로나 이전의 일 떠올렸다.
국립중앙도서관에서 조우한
어느 지인의 반가운 낯빛은
화장기 없는 순백자의 민낯에
되비치어진 맑고 푸른 하늘빛.

마스크 쓰면 모두가 타인
마스크 쓰지 않고 다니던
청화백자 꽃무늬 같은 푸른
미소를 볼 수 있을까, 아는
사람이건 모르는 사람이건.

정오의 햇살이 수천 낱으로

반짝이며 바서지는 가을날에,

마스크를 쓰지 않고 대면할

타인도 지인처럼 맑고 푸른

미소를 꽃피울 순 없을까?

석상(石像) 오백나한

오백나한상은 국립중앙박물관 특별전시실에 밀려온 사람의 물결에다 들입다 묻는다. 너희로부터 너희는 정말 자유로우냐고, 너희에게 있어서 너희 세상은 진정 평화로우냐고.

강원도 영월의 창령사 터에서 나왔다는 오백나한상을, 나는 지금 유심히 바라보고 있다. 두건을 쓰거나 가사를 두르거나 홀(笏)을 들면서 서 있거나 하는 것은 한갓 꾸밈과 차림새에 지나지 않는다. 문제는 표정이다. 나는 그것을 바라보면서 무심(無心)의 돌에도 갖가지 표정이 드러나 있네, 하고 생각한다. 표정들이 하나하나 한결같게 비슷한 것 같아도 자세히 들어다 보면 하나도 같은 모습이 없다.

석공은 산속에 지천으로 널려 있는 돌을 줍고 주워서, 또 주운 돌들을 주물고 주물러서 오백나한의 희로애락을 한껏 빚어내었다. 무명의 그는 무심의 돌에다 무언가 마음의 파문을 불어 넣고 새겨놓으려 하였으리라. 오백나한은 입을 헤 벌리기도 하고, 고개를 한쪽으로 비스

듬하게 갸울이거나, 눈을 짐짓 내리깔면서 심각하고도 근엄한 표정을 짓는다. 또는 서로 다른 감정의 실타래를 풀어낸다. 한편으로 감탄과 비탄에 빠지기도 하고, 한편으로는 찬탄과 한탄을 드러내기도 한다.

오백나한은 붓다의 제자들인 이른바 아라한이었다. 한때 깨달음의 경지에 이르고자 한 자들이었다. 비승비속의 경계에서 기웃거리거나 머뭇거리거나 하던 한 시대의 성도(聖徒)였다. 이제는 땅속 깊이에 숨겨져 오랜 세월의 어둠을 견디어 있다가 세상의 무대 위에 이제야 비로소 세워진 연기자들이다. 온갖 표정과 감정을 변환(變幻)하는 배우들.

석상의 오백나한은 좀 못생긴 듯해도, 이제 느긋이 여유롭고, 지긋이 평화롭다. 석공은 다양한 표정을 연출하였다. 박수근의 그림이 보여준 색의 질감과 비슷한 화강암의 물질적 상상력은 예스럽고 소박한 느낌으로 물씬 전해오고 있다.

잃어버린 지갑을 위한 애도 반응

갑자기 멍해졌다. 평생을 살면서 처음으로
잃어버린 지갑이다. 택시비용을 지불하고는
윗옷 안주머니에 들어가지 못하고
흘러내렸을 게 분명한 내 지갑.

일용노동자의 하루벌이와 같은 양의 현금과,
생활 속에 수다히 사용되는 카드들이 없어지니
이제 무슨 일부터 해야 하나……여기저기
카드 정지를 요청하기로 했다.

살점이 떨어져 나가는 마음의 아픔이 다시
찾아왔다. 내 지갑 필시 돈이 빠져나가선
또다시 길거리에 내팽겨졌을 게다.

횡재한 이는 이 주말의 불로소득을 향유할 게고,
내 지갑은 어느새 거리를 흐르거나 뒹굴면서
씹고 씹혀 단물이 빠진 껌처럼 버림을 받으리라.
때로는 주인에게서 분리된 불안의 그림자를
드리운 채 외로운 주물(呪物)이 되리라.

아픈 가슴은 조금씩 진정되어갔다.
하지만 내 아픈 가슴은 또다시
오래된 상흔을 드러내고 있었다.

상실감에 점점 몸서리치고 있다.

아버지의 죽음 같은
어머니의 죽음 같은
아우의 죽음 같은

가짜 뉴스

이 버들방천을 따라 흐르던 맑은 물은 본디 시심(詩心)의 물이었다. 시를 떠올리지 않아도, 풍경화를 그리지 않아도, 새들이 노래하지 않아도 좋을 그런 물이었다. 하지만 가짜 뉴스는 어느 날 갑자기 괴질처럼 감염되어 번져가는 괴벨스의 말들이 온갖 오염된 물을 이루어가듯이, 그것은 흙탕물로 넘쳐나기도 했다. 때로는 스캔들로 들끓는 성적(性的)인 물의, 물 없는 파도를 만들어갔다. 그것이 장엄한 악의 범속성……그것은 광장의 인파 속으로, 진실이라고 믿어 의심치 아니한 풍문을 끌고 갔다. 진짜와 가짜의 모호한 경계선에서 선악과 곡직(曲直)의 그악한 깊이를 탐구하던 날, 나는 이 버들방천을 다시 걸었다. 성적인 물은 물 없는 파도처럼 광장으로 가버렸고, 이 버들방천을 따라 흐르던 맑은 물은 소리 소문도 없이 물그림자마저 가라앉혔다. 본디 최고의 것이 만든 무위(無爲)의 물이었다. 그냥저냥 흐르는 물이었다.

* 괴벨스 : 독일 나치의 선전부장. 가짜 뉴스를 정치적으로 이용한 사람.
* 성적인 물과 물 없는 파도는 시인 네루다의 비유적인 표현에서 가져왔다.

꼭두새벽에 조금은, 조금씩

열차는 섣달 그믐밤 자정이 되기 직전에 떠나는
심야 열차. 아잔타 석굴 가까운 역에서 아소카 왕이
세웠다는 대탑(大搭) 가까운 역까지 가기 위해선 무려
여덟 시간이 걸린다고 했다. 열차는 해방 전에 북간도
용정으로 향하던 유민들이 타던 무슨 경원선 열차가
아니고서야, 어찌 이처럼 후락하고 흔들리기가 심할까?
열차가 떠나자마자, 이천십육 년 새해 첫날이 되었다.
일행은 다들 새벽녘에 이르기까지 불편한 침대에서도
잠을 잘 자고 있었는데, 나는 한번 깨어나서는 좀처럼
잠을 이루지 못했다. 조금은 무료한 탓이었을까?
나는 이름이 잘 알려진 양주를 가방에서 꺼내어서
종이컵에 따라 조금씩 마셨다. 안주는 한국에서 가져온
김과 땅콩이었다. 여기에다 현지의 생수도 곁들였다.
새벽에 일어나서 술을 마신다는 일은 평생 생각조차
하지 않았던 일이었지만, 먼 이역의 밤 열차 안에서
새해를 맞이하는 각별한 경험과 기분의 혼술인 셈.
혼술이란 말? 좋지. 이 축약된 말은 그 무렵 처음으로
생겼다. 말의 됨됨이가 억지 같고 무슨 장난처럼 들려도
형편상 그런대로 적확한 것 같았다. 그때 내가 혼술을

마신 일은 객지에서 객기 부린 객쩍은 일이었을 게다. 알고 보면, 사람이 살아간다는 게 별 게 아닐 게다. 더디게 가는 일상의 그림자에 기대어 어스름하고 낯선 풍광을 바라보면서, 먼 이역의 새해 아침에 비추는 햇살 마주하기를 꼭두새벽부터 기다리는 조금은 설렘과 같은 게 아닐까? 일행이 다들 새벽잠 속에 빠져 있었을 때, 나는 인생의 전무후무한 새벽 술을 마셔가면서, 술의 독기를 마침맞게 조금씩 다독여가고 있었던 게다.

사랑이란 이름의 거짓말과 참말

달빛에 물든 사랑,
햇빛에 바랜 상처.

누군가가 그랬다.
사랑이란 상처 없이
존재하지 않는 거라고.

사랑은 거짓말일까,
아니면 참말일까.

세상에 존재하는
모든 사랑 이야기는
거짓말과 같다.

세상이 나를
비추어 보기에.

세상에 떠도는
온갖 사랑 노래는

참말처럼 들린다.

세상이 나에 의해
비추어지기에.

사랑이란, 가파르게
나누어지는 이분법이
아닐 것이다.

거짓말도 참말도
뒤섞인다. 뒤섞이는

사랑의 양면성이
끝내 상처를 남긴다.

회오리바람이 스치듯이
지나간 사랑의 자리에도
상처는 남는다.

때로 거짓말처럼,
때로는 참말처럼.

그리움의 그림자는 특별하지 않다

—면식 없는 정현종 님에게

그리움의 그림자는
특별하지 않다.

그리움이 바로
그림자여서다

그늘진 곳에서만
있는 그림자

사람마다 마음속에
숨어 있는 그림자

그늘진 그림자
어두운 그림자

악을 쓰면 쓸수록
모질고 각진

그리움의
그림자

마스카라 속눈썹

속눈썹이 사라졌다.

잠에서 깨어난 여자들마다
잠시 졸고 있는 사이에
사라진 속눈썹을 수습해,

아름다움의 서슬 퍼런
날을 세우고 있었다.

방동규론

이른 아침, 유튜브 삼매경에 빠졌다.
최고의 싸움꾼이었다는 방동규는

보통 사람 열댓 명 정도쯤이야
한때 능히 제압할 수 있었단다.

젊었을 때 배추 장수의 행색을 하고 다녀
방배추, 중년 이후엔 좌중의 언변이 좋아
방구라, 라고 불리기도 했었다.

그가 살아온 삶의 이야기는
낭만 협객의 전기(傳奇)이거나
기다랗게 흘러가는 대하소설.

그런 그가 인터뷰에서 남긴 짤막한
말, 내 마음을 강하게 흔들었다.

제 아무리 최고의 싸움꾼이라고
해도, 개인이 조직이나 제도와

싸워서 이길 수는 없어요.

모든 관계로부터 소외된 채 넋두리하는
개인의 서정이나, 자기 시대의 귀싸대기를
올려붙이는 다부진 문제적 개인의 서사나,

세계와 드잡이하는 무대 위의 개인이
토로하는 극중(劇中) 담론도

무기력하긴 마찬가지일 터.

사회는 언제 개인의 역량을 중시했나.
사람을 뽑을 때, 수상자를 결정할 때,
조직이나 제도가 개입하지 않은 적이

있었나. 내가 좀 심각해지고 있을 때,
아내는 이른 아침부터 유튜브를
본다고 투덜대고 있다.

세상의 원로들

그들이 뜻한 대로,
일이 잘 되었다.

함박웃음을 대신해
표정을 관리했다.

우리가 누구라고.

육신이 좀 늙어도
경륜으로 재무장한
그들 가운데

누가, 우리는

썩어도 준치……라고,
자신들을 빗대었다.

반듯한 좌(坐)로
완성된 생(生)을

즐기고 있는 그들은
말인즉 썩은 준치

썩거나 말거나
괘념치 아니한

은밀한 흉수(兇手)와,
또는 사악한 건재.

문학상에 대하여

고통의 표정을 지어도
눈시울 모습 연출해도

절세의 노릇바치
찰리 채플린은

살아생전에 웃음을
보이지 아니하였다.

그가 되살아나 웃는다면
한국의 문학상이 아닐까?

만인을 웃겨도 결코
스스로는 웃지 않은

위대한 광대마저 웃고 말
슬픈 현실의 민낯이여.

스스로 만족해하는
모던타임스여.

아이러니, 혹은 아나키

—2020. 7. 17.

가수 안치환은 가수가 아녀,
민초와 어우러진 가객이었지.

그는 우리 시대의 얼럭광대,
세상의 어릿광대들 꾸짖는다.

　아이러니 다 이러니
　알랑대니 달랑대니

자기네 입맛대로 뽑지 않고,
공정하게 젊은 사람 뽑는다네.

공정의 입맛을 잃어버릴 땐,
맨입에 안 된다고 사람 잡네.

　안 이러니 다 이러니
　알랑대니 달랑대니

성 피해자를 변호한 덕에

인권 변호사로 유명하더니,

끝내 성 추문에 휘말린 탓에
오지 못할 먼 길을 떠났네.

　아니더니 다 이러니
　알랑대니 달랑대니

거짓말을 허위사실이 아니라고
빽빽 우기는 이 사람들아,

그대들은 권력의 시녀인가,
그늘진 자리의 애완견인가.

　아니려니 다 이러니
　알랑대니 달랑대니

누가 망나니 칼춤을 추는가,
저승길에는 주막도 없다네.

서릿발 칼날 진 곳에 가면,
비수거리라도 해야 하나.

아롱디리 다롱디리
알랑대니 달랑대니

고려 시대의 속요를 보면,
재미있는 입소리가 많지.

굿거리장단에 맞추어, 얼싸
우리도 한바탕 놀아볼까.

더엉 기덕, 궁 떠러러,
더엉 기덕, 궁 떠억

* 얼럭광대 : 광대 사회의 지도자급에 해당하는 큰 광대. 세태를 곧잘 비판한다.
* 어릿광대 : 새끼광대. 여기에서는 세상의 힘에 굴신하는 각계 사람을 비유함.
* 비수거리 : 무당이 작두날 위에 올라 행하는 강신(降神) 의식.
* 입소리 : 구음(口音). 악기 음을 소리 나는 대로 적은 표기 음.

삶이란 삶은, 잘 삶은 달걀과 같이

삶이란 삶은,
살 삶은 달갈과 같이

매끈한 살로 드러나는 게
아니라고,

덜 익은 감귤 껍질을 벗겨낸
거친 과육이 톡 쏘는 쓴맛과
같은 게 아닌가, 라고.

삶이란 삶은,
다 그렇고 그런 거라고
어느 날 나는 문득 생각했다.

그해 나는 내 소설이
중단될 거라는 통보를
일방적으로 받았다.

아우의 곡두

연구실에서 자정이 넘도록
책을 읽다가 숙소로 돌아가던 날

골목길 담벼락의 검은 그림자
형, 하면서 나를 불러 세웠다.

한 달 전에 죽은 아우의
흐릿하고도 몽롱한

환영(幻影)이었다.

여기는 니가 올 데가 아인기라,
다시 돌아가래이, 다독이면서

나는 그 자리를 지나갔다.

가슴에 묻다

삼우제 날 아우가
묻힌 곳을 처음으로

바라보면서,

꺼이, 꺼이,
울음을 쏟으며

슬픔의 나머지까지

보듬었다,
어머니는.

제2부_한 편의 서사시

새벽의 아적붉새

—서사시 형평 3부작

1

하늘이 사람을 낼 때, 차별이란 없었어라.
저 백정(白丁)[1]이란 이름, 흔들면 흔들리는
이름, 모질고도 가혹한 숙명의 이름이었다.

백정들은 상투도 올리지 못했고, 탕건을
쓸 수도 없었다. 팔자걸음을 걸어서도,
양반다리로 앉아도 아니 되었다. 고개는
숙이고 몸은 구부리고 늘 겅중겅중
뛰어야만 했고, 뛰어도 평민 이상의 사람을
앞지르면 아니 되었다. 때로는 왜인처럼
무릎을 꿇고 앉아야만 했다. 양반 아이들,
평민 아이들에게도 반말을 함부로 해서는
아니 되었다. 두루마기를 입을 수 없었고,
갓 대신에 늘 패랭이[2]를 써야만 했다.

1 소나 개, 돼지 따위를 잡는 일을 하는 사람. 천민이라고 차별 대우를 받았다.

백정의 아낙네에게는 백정 사내보다 더
가혹했다. 백정이란 신분 차별과 계집이란
성차별, 두 겹의 괴로움을 겪어야 했다.
백정 여인은 평소에 먹색 저고리를 입고,
올린머리를 하되, 비녀는 꽂을 수 없었다.
1909년 진주교회에서 백정과 동석하기를
거부하는 사태가 벌어졌을 때 나온 타협안.
교회를 출입할 때, 치마에 검은 베 조각을
달아야 했다. 쇤네 백정 년입네, 하드키[3].

이 모든 거야말로 하늘의 형벌이 아니리오.
낙인(烙印)이 아니리오. 사람을 차별하는
이 나라 제도가 어찌 하루아침에 뜬금없이
이루어졌으리. 사람이 사람대접 받지 못하는
이 땅의 관습이 어찌 각중에[4] 생겨났으리.

가축의 고기를 먹는 자 어찌 존귀하며,
이것을 제공해 주는 자 어찌 비천한가.

2 댓개비(대를 쪼개 가늘게 깎은 조각)로 엮어 만든 갓. 조선 시대에는 신분이 낮은 사람이나 상제(喪制 : 장례를 치르는 사람)가 썼다. 한자로는 평량자(平凉子), 폐양자(蔽陽子) 등으로 표기했다.
3 '하듯이' '하는 것처럼'의 진주 지역어. 지금은 쓰지 않는 말.
4 갑자기, 느닷없이. 경남 방언.

2

석인회의 부친은 성이 없었다. 어릴 때부터
돌쇠라고 불렸다. 아들에게는 성이 있어야
한다고 해서 석 씨라는 성을 붙여 주었다.
자신이 돌쇠니까, 돌 석(石) 자를 성으로
삼은 것이다. 늘 아들에게 얘기하곤 했다.
사람은 마음씨가 어질어야 되는 기라. 비록
귀찮은 백장[5]으로 태어났다고 해도 사람이
마음속에 어진 마음을 품어야 올바르게 사는
것이니라. 마음속에 어짊을 모으라고 해서
모을 회 자 '인회(仁會)'인 것이었다.

본디 백정에게는 이름 자에, 고상한 글자를
쓰지 못하게 했다. 충, 효, 인, 의, 예, 지 등.
돌쇠는 생각하였다. 이제 세상이 바뀌었으니,
어질 인(仁) 자를 쓴들 어떠랴, 백정 돌쇠는
평생도록 소를 잡았지만, 대를 이어 소를
잡는 게 죄업 짓는 것 같아 아비로서

5 귀(貴)하지 아니한, 즉 천한 백정. 고려 때 백정(白丁)은 일반 농민이었지만, 세종 7년(1425)에 평민임을 강조하기 위해, 짐승을 잡는 자를 백정으로 부르게 했다. 백정에 관한 속담이 거의 백장으로 표현되어 있는 것에서도 알 수 있듯이, 민간에서는 백정을 가리켜 주로 '백장'이라고 했다.

아들에게 대장장이 되라고 일렀다. 석인회는
살림에 필요한 연장은 말할 것도 없으려니와
각종 농기구와, 소달구지용 바퀴와, 말굽용
편자까지 만들었고, 특히 칼 종류를 만들기
위해 쇠를 두드리고, 모양을 잡고, 또 날을
가는 과정을 익혔다. 또한 업장(業障)[6]을
피하려고 도축용 칼보다 고기를 써는 칼을
주로 다루었다. 칼등과 칼날 사이를 얇게
하면, 고기의 포마저 어렵잖게 뜰 수 있는
것도 그가 터득한 경험의 하나였다.

진주공설시장의 푸줏간, 정육점에서는
석인회가 만든 칼을 모두 좋아했다.
그는 공설시장의 상인과 좋은 인간관계를
맺고 지냈다. 조선이 대한제국으로 격상되어도
나라는 서서히 망해가고 있었다. 나라의
흥망을 아는지, 모르는지, 진주 사람들의
육(肉)고기 수요는 갈수록 늘어만 갔다.
석인회는 대장장이 기술보다 장사가 낫겠다고
생각해 시속(時俗)을 좇았다. 백정 아들놈이
돈을 벌려고 한다고 해도 좋다. 천덕구니로

6 불교 용어. 나쁜 언행이나 마음으로 인해 받게 된 나쁜 과보.

자라온 나도 보란 듯이 재물을 얻으리라.
그는 진주공설시장에서 쇠고기를 파는
가가(假家)[7]를 열어 장사를 시작했다. 그는
장사를 하면 할수록 큰돈을 벌었다. 십 년도
되지 않아 진주 바닥의 자산가로 성장했다.[8]

석인회는 백정의 아들로 태어나 치산(治産)에
성공을 거두었으나, 차별 대우를 받음으로써
마음의 쓰라린 상처를 두 차례나 입었다.

1909년, 교회 동석 거부 사건이 있었다.
그의 나이 열아홉 살 때 일이었다. 그는
아내와 교회를 다녔는데, 일반 신도들이
동석 예배를 거부했다. 백정과 함께 자리를
할 수 없다고 할 때, 외국인 목사는 하나님 앞
모든 인간들이 다들 평등하다고 하면서 열심히
중재를 했다. 처음엔 따로 백정들을 위해
예배 모임을 가졌고, 시간이 지나면서 중간에

7 장사를 하기 위해 임시로 지은 집. 이 말이 오늘날의 낱말인 '가게'로 변했다.

8 진주 지역에서 백정으로서 자산가가 된 이는, 진주 형평사의 지도자의 한 사람이었던 이학찬이다. 하지만 그에 관한 전기적인 사실은 별로 알려진 게 없다. 본 서사시의 주인공인 석인회는, 이학찬을 모델로 삼은 가공인물이다.

가림 막을 설치해 함께 예배를 보는 일까지
나아가게 되었다. 외국인 목사가 귀국하면서
후임의 외국인 목사가 부임해 왔다. 교회에
가림 막이 설치된 이 희한한 광경을 목도한
그는 용기 있게 가림 막을 없애버렸다.
이때 한 신자가 선동해 일흔 명이나 되던
일반 신도들이 모두 퇴장해 버렸다. 우리가
어찌 백장들과 예배를 함께 올리겠소?
새로 온 목사는 물론, 여남은 사람의
백정 신도는 이 돌발 사태에 무척 당황했다.
이들 가운데 혼례를 올린 지 얼마 되지 않은
석인회 내외가 끼여 있었다. 이들이 이때
얻은 마음의 상처는 이루 말할 수 없었다.

1918년, 아들의 공립보통학교 입학이
거부되었다. 석인회에게는 슬하에 아들 하나,
딸 하나가 있다. 그는 소를 잡지 않았다.
칼을 만드는 일과, 칼로 소고기를 써는 일을
해도 칼잡이 아버지처럼 백정에 진배없었다.
그는 아들에게만은 업의 내림을 이어주지
않게 하기 위해 공부를 시키려고 애썼다.
다행히, 아들 용길은 재조의 기미가 있었다.
앞으로 훈도 일을 하게 할 요량이거나, 아니면

일본으로 유학을 보내거나 할 심산이었다.
그런 아들 용길의 입학을, 학부형의 항의가
빗발친다는 것 때문에 취소한다고 했다.
그는 하늘을 올려다보며 한숨을 지었다.

하릴없이, 석인회는 적잖은 돈을 기부하고는
야학교에 아들을 입학시켰다. 얼마 후면,
진주에도 상급 학교가 개교된다고 알려졌다.
경상남도가 세울 사범학교와, 진주부가 세울
고등보통학교가 그것이다. 앞으로는 개인의
능력에 따라 상급 학교를 입학하는 시대가
올 것이다. 백정 아들과 함께 공부한다는 게
아니꼬우면, 향후 학교를 다닐 수가 없다.
세월은, 남강의 물처럼 빠르게 흘러갔다.

1923년 4월 23일 오후였다. 시내 도심의
한가운데에 진주좌(晉州座)[9]가 자리하였다.
뒤편에는 중국식 차관(茶館)이 있었다.
저녁에는 고량주와 청요리를 먹으면서,

9 1922년 진주시 대안동에 세워진 건물. 상영, 공연, 강연, 집회 등의 용도로 쓰인 부민(시민)을 위한 장소였다. 형평사 운동의 집회 장소로 이용된 역사성을 지닌 곳이기도 하다. 이것은 1930년대 영화업자가 인수해 진주극장으로 탈바꿈했다.

세 줄의 풍류[10]를 일삼는 일본 예기(藝妓)를
부르기도 하는 고급스러운 곳이었다.
세 사람 앞에는 중국차와 다과가 놓여 있다.
내일의 행사를 앞두고, 석인회는 진주의
사회 활동가인 장지필과 강상호를 초치해
함께 자리하고 있었다. 세 사람의 표정이
결연했고, 한 동안 말이 없었다. 이 중에서
가장 연장자인 석인회가 먼저 운을 뗐다.

잘 알다시피, 내일 청년회관에서 형평사
기성회 조직 대회가 있을 낍니더. 비로소
창립이 되는 기라예. 우리 무지렁이들을
이끌 두 분 선생님들의 역할이 긴요할 터.
왕조 시대에 천역(賤役)의 백장들이 있었소.
지금도 이 고을에선 소백장들, 개백장들이
옥봉촌 씨앗고개와 서장대 성가퀴[11] 아래
옹기종기 모여살고 있지요. 왕조 시대가
가고 왜인들이 지배하는 세상이 되었소.
이제 조선은 백장들을 차별하는 관습을
없애 새로운 모둠살이를 열어야 합니더.

10 세 줄의 풍류란, 일본의 전통 현악기인 샤미센을 연주하는 것을 가리킨다.

11 성 위의 낮게 쌓은 담. 성첩(城堞)이라고 한다.

이태 전에 왜국에서 우리 백장 같이 천한
부락민[12]들이 물처럼 평평함을 좇는다는
수평사를 조직했다는데, 형평사 역시
글자 그대로 형평[13]이외다. 막대저울처럼
공평함을 추구하는 모임이외다. 우리가
진정 바라는 사회(社會)[14]는 모름지기,
사람이 누구나 푸대접 받지 아니하고,
누구랄 것도 없이 고루고루 사람대접을
받는 사회, 낱낱의 사람을 귀히 여기면서
바람직한 모둠살이를 이루는 사회라예.

12 일본 전통 사회의 계급 구성은 우리처럼 사농공상이다. 우리의 경우 '사(士)'는 선비이지만, 일본은 사무라이(侍)이다. 사무라이는 광범위하다. 최고 권력자 쇼군에서 카치(徒)라고 하는 하급 무사에 이른다. 사무라이와 농민 사이에는 최하급 무사인 아시가루(足輕)가 있다. 아시가루는 무사이지만 사무라이는 아니다. 임진왜란 때의 삿갓 쓴 왜병을 연상하면 된다. 사농공상 아래에 에타(穢多)와 히닌(非人)이라는 최하층민이 있다. 에타는 가축 도살이나 피혁 가공을 일삼는다는 점에서 우리의 백정, 갖바치에 해당한다. 히닌은 오물이나 시체를 치우는 사람이다. 에타와 히닌은 따로 부락을 이루면서 산다는 점에서 부락민이라고 한다. 지금도 부락민 차별의식이 일본 사회에 잔존하고 있다.

13 형평(衡平)은 막대저울처럼 평평하다는 말에서 나왔다. 형평사라는 명칭을 처음 제안한 이는 형평사의 창립 지도자의 한 사람인 신현수로 알려져 있다. (최정수, 『경남의 민권운동』, 금호, 1991, 177쪽, 참고.) 그는 조선일보 초대 진주지국장을 역임했다.

14 사회는 사(社)인 토지의 신이 점지해준 곳에 사람들이 모여(會) 사는 영역의 추상 개념이다. 19세기 말, 일본의 지식인들이 영어 '소사이어티(society)'를 이렇게 번역했다.

장지필과 강상호는 고개를 주억거리면서
석인회의 말을 진지하게 듣고 있었다.
형평사는 수십 명이 뜻을 함께 하는 모임.
내일이면 창사(創社)를 선언하는 날이다.
내일의 선언이 조선 땅 골골샅샅[15]에
요원의 불길처럼 번져 가리라. 이들은
이 사실을 굳게 믿어 의심치 않았다.

장지필은 본래 의령 사람이었다. 의령은
진주와 맞붙은 곳이다. 백정 중에서도
상업적으로 성공해 재물 가진 이도 있었다.
장지필의 아버지가 그랬다. 못 배운 포한을,
지체 낮은 서러움을 아들에게 물러주고
싶지 않았다. 석인회의 마음도 그랬다.
백정의 아들 장지필은 일본으로 유학하여
명치학원 전문부에서 3년을 수학했다.
그가 귀국할 때는 국치를 당한 경술년 전후.
왕조 시대의 봉건 유습은 점차 사라지고,
세상은 좀 바뀌는 듯했다. 그는 관인(官人)이
되기 위해 총독부의 문을 두드렸다. 하지만
민적에 표기된 신분 때문에 좌절하고 말았다.

15 방방곡곡(坊坊曲曲)에 해당하는 토박이말.

붉은 글씨로 된 '도수(屠手)'[16]는 짐승을 잡는
칼잡이라는 뜻이다. 그의 아버지가 도수였지,
자신은 도수가 아니지 않는가. 신분 세습에
대한 생각은 시대가 바뀌어도 마찬가지.
그는 이 대목에 이르러 절망했다. 관인으로
입신하지 않고서도 세상 바꾸는 일에 보탬이
되게 살아갈 것을 마음속에 품었다.

어찌 반드시 백정이 붉은 글자여야 합니꺼?
망나니, 새이꾼[17]은 와 사람대접 못 받습니꺼?
소가죽 물건을 만드는 갖바치 피장(皮匠)[18]을
두고 이르는 저 두벌백정은 우짤 끼며,[19]
버드나무를 꺾어 키나 바구니를 만들며
살아가는 고리백정은 또 우짤 낍니꺼?

장지필은 총독부 관인으로 입신하려다가
당한 수모를 떠올렸다. 석인회는 세상의

16 장지필 민적의 신분 표기는 최정수의 『경남의 민권운동』(앞의 책, 141쪽, 167쪽.)에 '도한(屠漢)'으로, 김중섭의 『형평운동』(지식산업사, 2001, 20쪽.)에 '도부(屠夫)'로 적혀 있다고 했다. 도수든, 도한이든, 도부든 간에 뜻은 같다. 모두 신분이 낮은 도살업자를 가리킨다.
17 상여꾼. 상여를 메는 사람. 백정처럼 최하층 신분이었다.
18 갖바치 피장은 단순한 동어반복이다.
19 백정이 잡은 소의 가죽을 가지고 갖바치가 두 번째로 일을 한다고 해서 그를 '두벌백정'이라고 칭하기도 한다.

일들이 모두 그러려니 하고 생각했다.

가죽 다듬거나 고리[20] 엮는 손질보다
짐승의 피를 낭자하게 뿌리면서 목숨을
앗는 칼질이 더 천하다고 하지 않습디꺼?
가죽신을 만드는 혜장(鞋匠)[21] 중에서도
혼례식의 꽃신을 만드는 이는 천역이
아니라, 경우에 따라 예인으로 대접 받고
있지 않습니꺼? 저간의 사정, 오죽하것소?
기생도 백정을 경멸하는 세상인데.

장지필도 여기에서 더 물러서지 않는다.
먹물이 배인 그의 생각은 현실 너머로
지향하고 있었다. 그는 이상주의자였다.

모든 천역의 차별 받음은 모두가 피장파장
뜰아래 머리를 조아리는 건 모두가 마찬가지
모든 천역이 내남없이 힘 모아 대동(大同)의
한 살림을 이루어야 합니더. 그래야만이
왜놈들에게 빼앗긴 이 나라도 되찾것죠?

20 키나 바구니를 가리킴.
21 가죽신을 만드는 장인. 넓은 범주 속의 갖바치이다.

강상호는 양반가 후손이며, 천석꾼의 아들.
1910년에 공립진주실업학교에 입학하여
1912년에 이르러 같은 학교지만 교명 바뀐
진주공립농업학교를 졸업했다.[22] 그 후,
3 · 1운동 때 지역의 주도자로 체포되어,
대구교도소에서 1년 남짓 감옥살이를 했다.
또 그는 동아일보 초대 진주지국장이었다.

그가 형평운동에 관여한 연유가 있었다.

옥봉촌의 백정마을에 사는 김강두라는
이는 개를 잡아달라는 젊은이들의 명령을
거절했다고 해 마치 개처럼 맞아 죽었다.
일본 경찰도 호적이 없는 이의 죽음이라고
더 이상 문제를 삼지 않았다. 집단폭행으로
사람을 패죽였는데 살인이 아니라는 것.
이에 강상호는 엄청난 충격을 받았다.[23]

김강두 살인 사건은 그의 마음을 심하게

22 강상호는 1910년 공립진주실업학교(2년제)가 개교할 때 입학했다. 이 학교는 1911년에 진주공립농업학교로 개명되었다. 그는 이듬해에 졸업했다. 그리고 훗날에 모교의 초대 사친회장을 역임했다고 전해지고 있다.
23 김용심, 『백정 나는 이렇게 본다』, 보리, 2019, 220~222쪽, 참고.

격동시켰다. 양반의 후손이며 천석꾼의
아들인 그가 무엇이 부족해 백정들의
신분 해방 운동에 애면글면할까? 정의의
감정이 아니고선 달리 설명할 길이 없다.

우리 진주 속담에 이런 말이 있소이다.
백정 놈 때려죽이고도 살인으로 친다.
얼척없는[24] 일을 당할 때 쓰는 말이지요.
말의 쓰임새와 달리, 이 속담에는 백정이
사람이 아니니까 죽어도 싸다는 생각이
깔려 있어요. 세상이 바뀌어서 말세가
되었다고 생각할 때도 그런 말을 쓰지요.
자신이 사람이 아닌데도 사람이라고
빡빡 우기는 백정이 저어[25] 있다! 이렇게
생각하는 사람이 있이모[26], 그야말로 진정
사람이 아닐 것이외다. 이런저런 생각들은
우리가 경계하는 반(反)형평 관념이외다.

강상호는 과거에 있었던 김강두 살인 사건,
살인이 아니라고 하는 법의 심판을 받았던

24 어처구니없는. 진주 지역어로 지금도 더러 쓰는 말.
25 저기에.
26 있으면.

이 해괴한 사건을 떠올리면서 마치 열변을
토하듯이 말했다. 그는 늘 피가 뜨거웠다.
그가 경계하고 있는 형평(사)에 대한 저항을
모두가 두려워했다. 이 두려움 때문에 해야
할 일을 하지 못하면, 검고 어두운 역사에
한줄기의 빛이나마 기대할 수 있겠는가?

석인회는 무겁게 닫힌 다시 입을 열었다.
그는 조심스레 말투의 격을 높이고 있다.

앞으로 농청[27]의 저항이 무척이나 거세게
나올 것이오. 향후 형평을 반대하는 이들의
광기 어린 눈빛이 사뭇 두려울 따름이외다.
내일이면 우리의 형평사가 창립하거니와,
또 내일이면 도립 사범학교가 개교하오.[28]
이제 백정의 아들도 훈도가 될 수 있을
터전이 마련된 것이오. 백정 아들과 함께

27 농청(農廳)은 농민으로 구성된 마을의 자치 조직체다. 1923년 전국으로 확산된 반형평운동의 주체세력이었다.

28 1923년 4월 24일, 경상남도공립사범학교가 개교했다. 광주학생의거 이후에 학생운동을 미리 막기 위해 폐쇄되었다가 1940년 4월 1일, 관립진주사범학교로 다시 개교했다. 이 두 학교는 현존하는 진주교육대학교의 전신이다. 2023년 4월 24일은 형평사 창립 백주년 기념일이자, 진주교대 개교 백주년 기념일이 되는 날이다. 진주 지역사회의 뜻있는 축일(祝日)이다.

공부할 수 없다면, 학교를 그만두면 되오.

석인회는 아들 용길이 사범학교에 입학해
학업을 이어갈 것을 평소에 바라 마지않았다.
그의 마음에도, 장지필과 강상호의 마음에도
두려움과 희망이 서로 엇갈리고 있었다.

내일에도 새벼리[29] 위로 아적붉새[30]가 벌겋게
물이 들리라. 진주 땅에 골골샅샅이[31] 물들고
빛을 내리 비추리라. 내일이면 물들 새벼리의
아적붉새는 새로운 세상을 알리는 경축의
전조가 되리라. 이 자리에 모인 세 사람은
왠지 모를 설렘과 희망에 달떠 있었다.

1923년 4월 24일. 청년회관[32]에 사람들이

29 진주 시내를 관통하는 남강은 두 차례 굽이쳐 흐른다. 굽이치는 곳마다 벼랑이 있다. 하나는 새벼리, 다른 하나는 뒤벼리다. 새벼리는 동쪽 벼랑이란 뜻이요, 뒤벼리는 북쪽 벼랑이란 뜻이다. 남강 건너편의 망경산을 기준으로 삼을 때, 새벼리는 정동쪽에, 뒤벼리는 북동쪽에 각각 위치해 있다. 진주의 새벼리, 산청의 생비랑, 통영의 동피랑은 모두 동쪽 벼랑이란 뜻이다.

30 아적은 아침을, 붉새는 붉은 모양새를 뜻한다. 아적붉새는 '아침놀'이다. 상당히 독특해 주목할 만한 진주 지역어. 지금은 쓰이지 않는 말이다.

31 한 군데도 빼놓지 아니하고 갈 수 있는 곳은 모조리. (표준국어대사전 인용)

32 노동공제회관이라는 설도 있다.

모였다. 형평사 기성회 모임이었다. 요즘의 표현대로라면, 창립총회라고 할 수 있다. 형평사 발기인 일동으로 발표된 창립 선언문 '형평사 주지(主旨)'을 발췌하면 이와 같다.

> 낮으며 가난하며 열등하며 약하며 천하며 굴종하는 자 누구인가? 슬프다! 우리 백정 아닌가? 이 사회에서 우리 백정의 연혁을 아는가, 모르는가? 우리는 서로 부조하여 생활의 안정과 공동의 존립을 꾀하기 위해 본사의 주지를 선명히 표방하고자 하노라.

다음날, 같은 장소에서 발기 총회가 열렸다. 형평사 사칙(社則)을 통과하고, 창립 축하식을 여는 방식을 논의하기에 앞서 지도자(위원) 중 연장자인 석인회가 사원들에게 인사말을 했다.

> 사원 여러분, 백정이란 이름은 세종대왕이 지어주신 거요. 양민들과 사이좋게 살라고 지어주신 이름이외다. 본래 백정은 평범한 백성이란 뜻이외다. 늑쑤그리한[33] 백정이

33 늙수그레한. 꽤 늙어 보이는.

반가[34] 애젊은이에게 반말이나 욕설 들어도
되겠소이까? 이제 세종대왕께서 하신 말이
오백년이 지나고서야 실현되려고 하오이다.

사원들이 열광적으로 박수를 보냈다.
예제 옳소, 옳소 하는 소리가 들렸다.

5월 13일에, 진주좌에서 형평사 창립에
즈음한 축하식이 성대하게 열리고 있었다.
전조선의 형평 지도자 4백 여 명이 마치
구름떼처럼 모여들었다. 진주에 주재하는
일본인 기자가 축사도 했다. 국내 언론은
경쟁적으로 취재했다. 다만, 아쉬운 점은
축하식의 여흥을 위해 기생들의 공연을
계획했지만, 진주 지역의 기생조합이 이를
거부한 것이다. 대신에 일본 가무단이
초청되어 공연을 했다.[35] 반(反)형평운동을
미리 내다볼 수 있는 기미라고나 할까?

5월 14일에는, 참여자들이 청년회관에 다시

34 양반집.
35 김중섭, 『형평운동』, 앞의 책, 80쪽, 참고.

모여 형평사 지방 대표자 회의를 가졌다.
사회자는 어릴 적 한약국 집 아들 신현수.

사원 여러분, 우리가 해야 할 일 많지만,
먼저 우리의 조직을 잘 정비해야 합니다.

모든 부서의 사업을 총괄할 상무위원이
필요했다. 그 시대의 다른 명칭으론 서기장,
요즘의 적절한 명칭이라면, 사무총장이다.
상무위원은 급여가 주어지는 실제의 책임자.
전국에서 모인 사원들은 상무위원으로
진주의 장지필을 만장일치로 선출했다.
우레 같은 박수소리가 천지를 흔들었다.

1923년은 한 해 내내 '반형평'으로 전국이
들끓었다. 예상보다 사태가 심상치 않았다.
반형평의 정서를 이끈 횃불잡이 역시 진주의
농청이었다. 농청원들이 대안동 강상호 집에
몰려가 고함을 크게 지르면서 겁박했다.

새백장 강상호, 퍼뜩 퍼뜩 나온나[36].

36 나오너라.

지체 없이 나와서, 소 잡아라, 카이.

농청원들은 강상호처럼 백정이 아니면서도
형평사 일에 관여하면 '새(新)백정'이라 했다.
진주의 대표적인 새백정은 강상호, 신현수,
천석구 등 향촌의 개명한 지식인들이었다.

이들은 본디 백정이 아니었다. 정의의 감정이
없이는, 결코 나설 수 없는 시대의 지사였다.

진주에 이어 여기저기에서 반형평운동이
벌어지고 있었다. 김해에서는 엄청난 폭력이
있어 농청 청년 열 명이 검거되기도 했다.
이 같은 반형평 폭력 사태는 크건 작건 간에
울산, 제천, 수원, 예천 등지로 이어져 갔다.
이런저런 저항이 있어도, 형평사는 전국 규모의
사회단체로 발돋움하고 있었다. 1923년 11월,
전조선 형평 대표자 대회에서, 장지필은
단체의 책임자로서 연설을 하기도 했다.

백정은 당치 않은 억압과 박대를 받았소.
형평사를 해체하라고? 자살하라는 거요?

형평사는 1923년 말에 이르러, 진주 본사에,
지사 열두 군데, 분사 예순일곱 군데를 가진
조직체로 확장되었다. 한 해도 되지 않아
전국에 작지 않은 그물망을 이룬 것이다.

하지만 이듬해에 분열의 양상을 보이었다.
사회주의의 후원을 받은 젊은 혁신파의 등장.
진주 본사가 보수적이라면, 혁신파는 진보적.
지역적으론 중부와 남부로 갈리고 있었다.

강상호가 남부에서, 장지필이 중부에서,
지지를 받는 모양새가 되어가고 있었다.[37]

형평사 창립 1주년 기념식이 진주와 서울
양쪽에서 열렸다. 종단에는 혁신파가
서울 사옥을 마련했다. 1924년 8월,
형평사 중앙총본부를 신설하고 이것을
서울 사옥에 두기로 결정했다. 진주 본사의
위상은 한낱 경남 지사로 낮추어졌다.

형평사는 1935년까지 존속했다. 12년의

37 같은 책, 94쪽, 참고.

우여곡절이란, 필설로 형언할 수 없었다.
형평사가 해체되고 대동사가 계승했지만,
친일 부역 단체로 전락하고 말았다.

형평사 12년사(史)를 실질적으로 완성한
이는 강상호였다. 그 많은 재산은 사회의
활동비로 쓰였다. 해방 후에 좌익 단체에
그가 잘못 관여해, 그의 집에 서슬이 퍼런
우익 청년들이 협박하려 왔다. 이들이
새앙쥐 풀 방구리 드나들듯이 하더니
가재도구니 땅문서니 하나둘씩 사라졌다.
그는 마침내 알거지가 되고 말았다.

그가 1957년에 세상을 하직하고 떠날 때
대한축산기업연합회 회장이었던 석인회의
주도 하에 축산인장으로 장례를 치렀다.
그는 새벼리의 양지에서 영면하고 있다.

석인회의 아들 용길은 경남공립사범학교를
졸업, 도일해 천하의 인재들이 모인다는
동경고사(東京高師)[38]에서 학업을 마쳤다.
그는 한국전쟁 후부터 대학교의 교수로서
유럽인권사를 연구했다. 그의 딸 옥순은

급우로부터 백정의 딸이라고 손가락질을
받을지 모른다는 불안 때문에 일신고녀[39]
입학을 포기하고는 대안동 집의 인근에
있던 진주권번에 들어가 기예를 배우고
익혔다. 옥순은 특히 가야금 병창 분야에
최고의 권위자가 되어 국가 주요 문화재로
선정되기도 했다. 석인회는 강상호가
세상을 떠난 지 3년 후에 조용하게 숨을
거두었다. 평소에 그가 유언한 대로
화장을 해 남강에 뼛가루를 뿌렸다.

3

지금으로부터 백 년 전 즈음에 진주에
350명 정도의 백정이 살고 있었다.
(전국으론 40만 명으로 추산되었다.)
진주의 백정들은 대체로 두 곳에 모여
살았다. 가축을 잡으려면 물이 필요해서다.

38 고사는 고등사범학교를 말한다. 프랑스 최고 인재들이 다니는 파리고등사범학교를 모방한 학교다. 도쿄와 히로시마에 있었다. 일제강점기 조선의 전문학교 과정에 해당한다.

39 일신고등여학교. 지금의 진주여자고등학교이다.

진주성 서장대 아래 나불천이 흐르는 곳에
옥봉촌 씨앗고개(사잇고개)로 내려오는
곳에 백정마을이 생겨났던 것이다.

백정의 아낙네들은 억척 어멈이었다.
머리 위에 생고기를 담은 질그릇 동이를
이고서 마을을 돌아다니면서 장사를 해
가족을 먹여 살렸다. 적잖이 그랬었다.

기미년 만세 사건이 자유와 독립을
쟁취하기 위한 민족적 동원이었다면,
4년 후에 일어난 계해년 형평운동은
진주에서 시작해 전국으로 확산된,
평등과 인권을 위한 사회 운동이었다.
또한, 자력갱생의 근대화 운동이었다.
해방 이후에 도축업자를 백정이라고
낮잡아보는 일이 거의 사라진 것도
12년 형평운동이 이룬 성과일 터.

형평운동이 사회주의와 연계되기도
했지만, 궁극의 지향점은 서로 다르다.
사회주의는 계급투쟁을 중시하지만,
형평운동는 계층 간의 화해 일치와,

화평 세계를 추구하려고 한다. 모든
세상 사람들은 저마다의 세세한 삶을
누리려고 한다. 대동세상(大同世相)[40]의
아름다운 형평을 이루려고 한다.

한국사 19세기는 삼정[41]이 문란한 저
민란의 시대였다. 갈등과 대결 구도는
읍인(邑人)과 촌민(村民)에 있었다.
읍성에 사는 벼슬아치와 아전바치,
그 가족들, 기생과 관노 등의 읍인은
한 곳에 모여 사는 일종의 도시인.
향촌 사족과 민(民)은 여기저기에
흩어져 살고 있는 일종의 시골사람.
홍경래 난과 진주민란과 단성민란은
사민(士民)이 일체가 된 적례였다.

그 피해자였던 민이 왜 형평운동 때

40 대동세상은 조선시대부터 써온 말이다. 모든 사람들이 한데 어울려 평등하게 살아가는 세상. 세상은 세상(世上) 혹은 세상(世相)으로 표기된다. 전자가 모든 사회를 통틀어 이르는 추상개념이라면, 후자는 일상과 풍속 따위의 세태를 가리키는 단어다.

41 삼정(三政)은 토지세를 거두는 일에 해당하는 전정(田政), 군역을 부과하는 일을 맡은 군정(軍政), 곡식을 대여하고 환수하는 업무인 환곡(還穀)을 통칭한다.

가해자가 되어 미친 듯이 날뛰었나?
읍인과 촌민의 공간 대결이 아니라,
농청 평민과 형평 천민의 갈등이 빚은
계층 충돌이었다, 희생양 싸움이었다.
백정은 희생양이 되기 싫다고 했고,
농민은 그를 희생양으로 삼으려 했다.
역사의 피해자끼리 이간질하고 싸우게
하는 것이 지배자가 추구하는 역사관.
형평운동 때 일제강점기의 지배자인
일제(日帝)가 뒤로 돌아서서 웃었다.

서양의 희생양은 고대 유대교 의식에서의
죽임 당한 염소[42]에서, 중세 마녀사냥으로,
또 매카시즘과 인종차별로 이어져 왔다.

동양의 희생양은 기실 희생양이 아니다.
이른바 '희생 우(牛)'라고 해야 할 게다.
고대 중국의 제사 의식에 양을 바친 게
아니라, 소를 바쳤다. '희생(犧牲)[43]'이란

42 구약 성경에 의하면, 유대교 속죄의 날에 엄수할 의식에 사용된 두 마리의 염소 중에서, 희생물로 바쳐질 염소를 가리켜 '희생양(scapegoat)'이라고 이름 붙였고, 살려주어 황무지로 추방된 염소를 두고 '풀려난 염소(escapegoat)'라고 불렀다.

한자어에 소 우 변이 두 번 반복되는
까닭이다. 소는 이래저래 불쌍하다.

흑인 청년이 경찰의 손에 죽임을 당하고,
도쿄 한복판에서 조선인은 바퀴벌레니
밟아 죽여야 한다고 소리치고 있는
험한 시위대. 인도의 불가촉천민은?

형평 정신의 세계사적 현재성은 지금
사라진 게 아니라 시퍼렇게 살아있다.

새벼리의 아적붉새가 곱게 물들리라.
이 세상에서 차별을 받거나 버림받는
모든 이들의 마음속에, 꿈속에…….

43 아주 오래된 기원전 중국 사회에서 천지와 종묘에 제사를 지낼 때 쓰는 소들을 말한다. 소 중에서 색이 순한 이유로 곧 죽이게 될 소를 가리켜 희(犧)라고 하고, 점을 쳐 길(吉)함을 얻어 아직 죽이지 않은 소를 두고 생(牲)이라고 했다. (유창돈 외 편, 『한문숙어사전』, 정연사, 1962, 159쪽, 참고.)

제3부_프랑스에서 쓴 시들

먼지와 바람

산들바람이라도 불면
프랑스는 좋은 날.

한 닷새 땅 위에 켜켜이 쌓여
공기 속 부유물처럼 떠 있는

먼지를 불편해하고 못견뎌하는
프랑스인들의 마음을 알겠다.

　바람이 분다.
　살아봐야겠다.

우리의 젊음을, 영혼을 뒤흔든
이 시구의 뜻을 이제 알겠다.

프랑스에 온 이후로
먼지가 없어 좋았다.

산들바람이 불어서
프랑스는 좋은 날.

모네의 정원에서

모네의 정원에서
평화를 읽었다.

우뚝 선 자귀나무 한 그루
빼곡하게 바늘 돋친
꽃들을 피워낸다.

평화는 7월 햇살을
버티는 연붉은

마음의 결기, 혹은
레지스탕스.

코발트블루의 생

—고흐의 절명지에서

발길 닿아 머문 낯선 곳,
여관의 조붓한 다락방.

청화백자 속의 꽃무늬처럼
그는 짙푸르게 죽어갔다.

감미롭게 유혹하는 초록에게
이글거리는 노랑을 빼앗겨,

생의 마지막을 장식한 빛
코발트블루의 숨결이여.

혹은 죽어서 불멸이 된
푸른 영혼이여.

* 여기에서, 초록은 고흐가 즐겨 마신 환각의 독주 압생트를, 노랑은 그의 광기 혹은 예술정신을 말한다.

빅토르 위고의 집

보주광장 사면을 둘러싼
고풍의 돌집 공동주택에
빅토르 위고가 살던 집이
있었다. 그를 가리켜 한낱
프랑스의 빵 한 조각이라고
우습게 본 이상(李箱)의 표현처럼
19세기의 정신이 드나든 통로가
봉쇄되어 있었다. 공사 기간은
내년 늦게까지 이어진단다.

아라공 마을의 플라타너스

상큼한 맛술의 데스페라도는
왜 막장의 이름을 가졌을까?

시인의 이름을 가진 마을이래도
시심이 느껴지지 않는 건 웬일일까?

데스페라도를 마시면서 이글스의
데스페라도를 들어야 하나?

내가 한 달 동안 머물렀던 곳,
파리 지하철 7호선의 종점인
빌쥐프 루이 아라공 역 주변.

그래도, 마을의 플라타너스 거리는
한여름에도 이색진 가을빛을 낸다.

기울어져가는 햇빛을 받으면,
넓은 잎들이 인상주의의

색감을 빚는다.

* 데스페라도는 무법자, 악한, 살인자 등을 뜻한다. 술의 상호나 대중가요 노랫말로 사용하기에 적절해 보이지 않은 금기의 단어. 갈 데까지 간 경우라서 막장이라고 했다.

아폴리네르 흉상 앞에서

몽상의 커튼을 닫으면
꿈의 그림자가 펼쳐지듯이,
초현실을 거두어 접으면
슬픈 현실만 남게 되리라.
저편 멀리 미라보다리에서
밤이여 오라, 저녁 종아 울려라
실연의 절창 들리건 말건 간에
도심의 작은 정원에서 비둘기 한 마리씩,
머리 위에 이고 있는 기욤 아폴리네르여.
끝내 파리지앵이 될 수 없었던 당신이여.
문인들이 들락날락하고, 예술가들이
모였다 흩어지는 거리의 카페에서
이야기의 꽃을 피웠으리라. 루브르가
잃어버린 모나리자는 어디에서 찾나?
제1차 세계대전은 언제 끝나는 걸까?
밤이 깊어 달빛 그림자가 졸아들면
이야기의 열매는 마침내 먹고사는
문제로 되돌아가는 것이었을까.
이야기는 초현실의 미궁에서 나와

현실의 손을 허위허위 두르는 걸까.
원고료와 그림 값을 입에 올렸을까.
그는 제임스 조이스, 헤밍웨이, 피카소
등의 파리의 이방인들과 궁핍한 난세를
담배 연기 자욱한 속에 탓하였을까.
하지만 어쩌랴, 어느 시대든
문인과 예술가로 사는 일이
애옥살이를 사는 것임을.

리옹의 뤼미에르 박물관에서

생 라자르 역인 듯이 보인다.
고귀한 옷차림새의 사람들이
역사(驛舍) 출입문 나서고 있다.
어디론가 갔다 오는 모양이다.
대기해 있는 마차 위로 오른다.
마차 지붕 위에 올린 짐 가방은
언제 떨어질지 몰라 불안하다.
하인이 마차 뒤에서 짐을 살피며
마차 속도에 맞춰 내달리고 있다.
이 거리 저 거리가 보이고 끝내
저 멀리에 있는 개선문이 보인다.
아무리 소리 없는 동영상이래도
이 짧은 기록영화는 19세기 말
프랑스 사회에 신분제 엄존을
웅변한다. 혁명이 발생한 지
백 수십 년이 지난 일이다.

빌어먹을 모나리자

30초 순간이 다가와 알현과
경배의 의식을 엄수하기 위해,
군중은 한두 시간에 걸쳐 줄을
서서 기다려야 했던 것이다.

여성성의 아름다움은 본디
초승달 눈썹에 있다고 하는데
방탄 유리관 속의 미인에게는
눈썹 한 올 남아있지 않아라.

건장한 체구의 관리인들은 빨리
지나가라고 재촉하거나 알아듣지
못할 말로 소리치거나 한다.

씁쓸함의 뒷맛이 감도는 이 오후
뱀의 꼬리를 기다랗게 잇따라
만들어내는 거대한 집단숭배의
행렬이여. 불멸의 주물인가.

마침내 백골이 되지 않을뿐더러
백골마저 진토되지 않을 미인이여.

저 유리관 속에 갇혀 있는 영원한
주인공은 누구이며, 또 무엇이
구원(久遠)의 아름다움이었나.

세 차례 가본 기메 미술관

에밀 기메에게 만약 전생이란 게 있었더라면,
붓다의 제자거나, 믿는 무리의 일원이었을까?

머나먼 연꽃의 길을 따라 해 뜨는 데 이르고,
한바다 너머 거듭된 인연의 파고를 헤치고,

프랑스의 한 지방에서 미소를 머금은 채
태어날 수가 있었을까?

붓다가 없었다면 그 역시 없듯이
또 그가 없다면 프랑스인 마음에

붓다의 그림자도 없을 터.

아를의 나팔수선화

노란색 열기 감도는 남쪽
아를의 이월 초순이 다사롭다.

한때 정신병원이었던 곳
낯선 정원 한쪽에
핀 꽃 한 송이는

노란 빛 눈부신
나팔수선화

마치 뮤즈의 숨결을
토해낼 것만 같다.

열기와 광기가 나란히
놓인 저 경계선을 향해
바특이 다가서고 있다.

남루한 뒷모습의
반 고흐는.

모나코에서 길을 잃다

한번 미끄덩을 하면 깊은 바닥으로까지 떨어질 것 같은 낭떠러지에 깎아 세운 동화 속의 작은 왕국에서 길을 잃고 해나절을 헤매고 헤매다가 해 저물녘에 나는 니스로 돌아왔다.

* 해나절은 한나절과 반나절의 경계가 애매할 때 쓸 수 있는 말이다. (조어)

꿈속의 4행시

꿈은 깊은 혼돈 속의 가지런한 상징
제자리에 있어야 할 행간의 질서

나는 여름과 겨울을 나눠 프랑스에
모두 달가웃 머물렀다. 여행 중에
모처럼 꿈에 어머니를 보았다.

꿈속에서 젊고 뚜렷한 어머니를 본 적은
없었다. 꿈속의 어머니는 그냥 그대로의
생시였다가, 또 한 편의 초현실적인
시편(詩篇)이 되기도 했다.

엄마는 요즘 어데 있노?
내 지금 외국에 있다 아이가?
외국에도 우리 집이 있는교?
외국에는 우리 집이 없다.

어머니는 단호한 표정을, 또는
다소 슬픈 표정을 짓기도 했다.

어머니는 부는 바람이요, 흐르는 물이었다.
머무는 곳이 없었고, 고이는 데도 없었다.

꿈이란, 할 말 없음의 말소리거나
아니면, 할 말 많은 침묵의 형태로
종잡을 수 없이 드러나고 있었다.

* 달가웃은 한 달 반(半)을 가리킬 때 쓸 수 있는 말이다. (조어)

중심과 심중

좋은 세상이 되려면 부끄러운 사람이 많아야 한다. 남프랑스의 철로 위에 떠 있는 담청색 수평선의 행렬 및 선율. 물낯의 중심(中心)에 한낮의 햇살이 잘게 부서지고, 간유리의 표정 없는 얼굴빛이 얇아서 심중(心中)의 깊은 곳을 드러낼 것 같은 코트다쥐르의 엷푸름이다. 좋은 세상이 되지 못하는 것은 부끄러운 사람이 적어서이지 않은가? 사람들의 얼굴빛이 짙고 두터운 건 부끄러움이 없어서이지 않은가? 지중해를 바라보는 나그네의 눈빛은 쪽빛으로 물든다. 드넓고 드맑은 쪽빛은 지금 엷고 투명하다.

* 코트다쥐르(Cote d'Azur)는 글자 그대로 '푸른 해안'이다. 지역적인 의미로는 대체로 프랑스 남동부의 지중해 연안을 가리킨다.

아모르파티

—니체와 걸인

파리의 9호선 지하철 안
인파를 뚫고 성큼성큼
걸어오는 낯선 목소리가 있다.

높지도 낮지도
않은 목소리

목소리의 주인공은 헙수룩하고
늙수그레한 걸인이다.

몇 닢의 동전이 들어있는
모자를 들고 있다.

높지도 낮지도
않은 손 높이

무슨 말인가 했더니
귀 익은 소리로 들려온다.

아모르파티!

아모르파티!

니체는 네 운명을 사랑하라,

그 옛날에 갈파했지만,

걸인은 내 불쌍한 운명을

사랑해 주세요, 애원한다.

아모르파티!

아모르파티!

* 아모르파티는 운명애(運命愛). 아모르(사랑)와 파티(운명)를 합성한 니체의 라틴어식 조어.

제4부_2행시 초(抄)

이무기와 악인

이무기는 용이 되려고 용을 쓰고,

악인들은 악에 바치듯 악을 짓고.

시대의 화두

묻노니, 세상이란 정말 공정한가?

죽을 때는 너나없이 공정한 세상.

제목 없는 시

—옛 원고를 참고해

산을 보며, 산아, 하고 부르면,

산이 저만치 내게로 다가오네.

알몸의 패러독스

—보부아르의 샤워하는 뒷모습

프랑스 여배우 같은 눈부신 누드

사후에 공개된 지적 여성의 알몸

코로나19

시퍼런 칼날로 베이는 물방울 한 점
핏빛으로 지며 흩날리는 꽃잎 만 점

코로나, 어지러운

도덕경 읽으며 프로야구나 보는 추석 낮,

무상지상이 사람 잡는 인적 끊긴 야구장.

＊시작 노트

노자는 『도덕경』 제14장에서, 보아도 보이지 않는 것 등을 두고 '모습이 없는 모습이요, 무용지물의 이미지인 홀황(忽慌)'이라고 했다. 홀황이란, 좋은 의미로 황홀이요, 나쁜 의미로는 어지러움에 빠져드는 것(혹은, 일)이다. 이 시에서 표현한 무상지상(無狀之象)이란, 원문 '무상지상, 무물지상(無狀之狀, 無物之象)'을 따와서 줄인 말이다. 모습을 드러내지 않는 이미지, 즉 세상에 보이지 않게 퍼지고 있는 코로나 바이러스를 비유한 말이다. 노자는 보아도 보이지 않는 것을 가리켜 오랑캐 이 자 '이(夷)'라고 했는데, 코로나19는 인간 사회에 침투하여 인류를 위협하는 소위 '오랑캐'라고 할 수 있다.

괴질

—패러디의 시학

사람 사이에 괴질이 있다.

잠시 무인도에 살고 싶다.

권력의 승부차기

빵과 서커스가 없는 시대의 민심을

적폐밖엔 아무것도 달랠 수가 없나

위대한 판관
—역사의 우물과 두레박

무인 시대에는 권력의 시녀라 하더니,

역성혁명 후 누구를 위한 애완견이뇨.

강유일
—수십 년 전의 일

이름이 운명이라더니, 강 속에

침몰한 버스의 유일한 생존자.

악서고존

—정약용의 음악이론서 제목

허명에 불과한 유명함보다 차라리
사람도 책도 외롭게 있는 게 낫지

인생

어릴 적의 왕따 늘그막에도 왕따,

겪어보지 못한 사람은 모르는 일.

섣달그믐의 동백섬

새 지나간 하늘의 발자취 같은 세상일,

저뭇한 빛 틈새로 솔 냄새만이 남느니.

난독증

더듬거리는 읽기 장애의 고문서,

어질병 일으키는 난독증의 초서.

두산 베어즈

—6년 연속으로 진출한 한국시리즈

곰의 재주는 가을을 넘는다.

노력을 배신하지 않은 재주.

그리움

그리움의 실마리를

매듭진 고드름이여

| 후기 |

더 이상 서정시집을 내지 않으려고 했는데, 서사시 한 편을 사장하기가 아까워 다섯 번째 시집을 내려고 한다. 이제는 앞으로 '시선집' 외에는, 내가 창작 시집을 안 내는 게 정말로 적절해 보인다. 원로 한 분께서 계속 시를 써보는 게 어떠냐고 하신 말씀도 있었지만, 솔직히 말해 문학 전문가가 아닌 내 아내 외에, 내 시가 절묘하다거나 감동을 준다거나 하면서 말해주는 이는 거의 없었다.

그래서 이 시집은 3백 부 한정판으로 내기로 했다.

시집의 제목은 '스무 편의 서정시와 한 편의 서사시'다. 두말할 나위가 없이, 평소에 내가 시집의 제목으로 가장 멋있다고 생각하는 파블로 네루다의 시집 제목인 '스무 편의 사랑의 시와 한 편의 절망의 노래'를 전례로 삼았다. 이 시집의 주요 부분은 제1부와 제2부에 해당하는 '스무 편의 서정시와 한 편의 서사시'에 있다.

서사시 「새벼리의 아적붉새」의 소재는 진주 형평사 운동이란 역사적 사건에 두었다. 몇 년 전에, 지식인들

가운데 우리 역사 속의 천역(賤役)을 가리켜, 역시 천했다고 여기고 있는 사람들이 있어서, 나는 내심 크게 놀라지 않을 수가 없었다. 사람이나 사람됨에 관한 귀하고 천함의 차별관이 아직 남아 있다는 건 백 년 전의 뜻있는 사람들이 가지고 있었던 인권 의식의 수준에도 미치지 못한 것. 이때 내가 받은 충격이 창작 동기가 되었다.

제3, 4부에 해당하는 기행시편 및 2행시의 모음은 덜 주요한 부분이지만, 나로선 애착이 가지 않을 수 없다. 작년 여름 7 · 8월에 걸쳐 한 달 남짓 주로 파리에 있었고, 올해 2월엔 보름 동안 파리와 남프랑스에 잠시 들르기도 했다. 숙소나 호텔로 돌아오면, 견문을 메모하기도, 생각이나 느낌을 시로 남기기도 했다. 나는 올해 3월부터 연구교수여서 수업을 준비할 필요가 없었고, 또 코로나19로 인해 온 세상이 난리를 쳐 집에 칩거하는 일이 잦았다. 그러다 보니, 가장 축약된 2행시를 틈틈이 만지작거렸다. 시는 두 줄이면 충분하다는 생각이 머릿속에 오래 맴돌았다.

내 시집에 '스무 편의 서정시와 한 편의 서사시'만으론 원고의 양이 부족한 것 같아서, 나는 작년 여름 이후에 써본 기행시편과, 올해 써온 2행시를 가리고 골라서 부족함을 보충했다.

그동안 예순 몇 해에 걸쳐 살아왔지만, 나는 올해만큼 전(全) 지구적인 난세를 경험한 적이 없었다. 눈에 보이지 않는 괴질 때문에 이것이 지구촌의 공동 과제가 되면서, 인간들에게는 세상이 더 좁아졌다는 느낌이 실감나게 다가왔을 터. 이 사실이 앞으로 미래 문학에 대한 감수성의 변화에도 적지 않은 영향을 미칠 거라고 짐작된다.

올해는 내 개인적으로도 다사다난했다. 인생을 살아가는 데 있어서, 이 일은 무엇이 옳은가, 저 문제는 왜 그른가, 하는 물음을, 나는 내게 적잖이 던졌다. 내년에는 마음이 좀 편해지기를 바란다. 평소에 고마운 지인들께, 이 시집을 새해 선물로 드리려고 한다.

2020년 저물녘에, 몇 자 적다.